BUR ragazzi
rizzoli

DO 0062500506

LA BAMBINA QU
ASI MACHINA H
CIOCCOLATINA
LAMARQUE 1/1J

BUR
RCS LIBRI

VIVIAN LAMARQUE

La Bambina Quasi Maghina

+

Cioccolatina

Postfazioni di Antonio Faeti
Illustrazioni di Donata Montanari

BURragazzi
rizzoli

Per *La Bambina Quasi Maghina*
© 2001 RCS Libri S.p.A., Milano

Per *Cioccolatina*
© 1998 RCS Libri S.p.A., Milano

II edizione Bur ragazzi giugno 2010

ISBN 978-88-17-02948-3

La Bambina
Quasi Maghina

Nessuno sapeva che era una Bambina Quasi Maghina (nemmeno lei!). Tutti la credevano una normalissima bambina.

Non era la prima della classe, e nemmeno la seconda, e nemmeno la terza:

nell'ora di ginnastica inciampava,

nell'ora di musica stonava,

nell'ora di disegno si macchiava,

nell'ora di matematica non capiva,

nelle interrogazioni balbettava,

con i compagni arrossiva...

Ma era almeno bella? Bella proprio bella no. Non era nemmeno brutta però, era carina, insomma era una normale normalissima bambina: un po' rotondetta, con gli occhialini colorati, biondina.

Se qualcuno avesse detto: lo sapete che nella II B c'è una Quasi Maghina in incognito, secondo voi chi è? Qualcuno avrebbe forse risposto la Gianna che sa tutto!

la Minia che ha gli occhi luccicanti!

la Giancarla che quando si nasconde nessuno la trova!

la Daniela che è volata lontano lontano!

la Giovanna che nella sua casa c'è stato un incendio!

Ma nessuno nessuno nessuno avrebbe mai detto la... anzi, di lei non si ricordavano neppure il nome.

Del resto, come vi ho già detto, neppure lei in persona sapeva di essere una Bambina Quasi Maghina.

Sì, si era accorta che a volte le succedevano cose strane, ma non sapeva spiegarsene il perché.

Per esempio: una volta era seduta su una panchina del parco giochi. La panchina era vecchia, grigia, scolorita, scomoda.

Lei pensò: "Che bello se fosse nuova fiammante, di un bel color giallo sole e magari anche un poco a dondolo...". Non fece in tempo a esprimere questo desiderio che si trovò seduta su una panchina nuova fiammante, di un bel color giallo sole e anche un poco a dondolo.

Non vi dico lo spavento che si prese. Non c'erano bambini nelle vicinanze per verificare se era sveglia o stava sognando, ma quando dopo un po' ne arrivarono alcuni sentì che dicevano: «Hai visto che bella panchina nuova hanno messo? Ieri non c'era.»

"Allora non era
un sogno" pensò.
Era proprio vero.

Col cuore che le batteva forte provò subito a esprimere un altro desiderio: "Che bello se questa mia vecchia felpa diventasse nuova e gialla" (si era fissata col giallo), ma la felpa restò tale e quale.

E poi ne espresse un altro: "Che bello se mi trovassi le tasche piene di cioccolatini", ma si guardò in tasca e si trovò solo una cicca, una caramella sporca perché era uscita dalla sua carta e alcune monetine.

Anche nei giorni seguenti provò a esprimere qualche desiderio, ma non se ne avverò neppure mezzo.

In compenso la panchina gialla a dondolo finì al telegiornale, perché nessuno sapeva spiegarsi da dove fosse arrivata. Era così bella che il sindaco ne ordinò cento uguali e presto i giardini di quella città furono i più allegri di tutti i giardini.

Anche i vecchini dell'ospizio, che avevano visto il telegiornale, vollero delle panchine così, per rallegrarsi un po', e furono accontentati: e nelle loro giornate grigie entrò come una specie di raggio di sole.

La Bambina Quasi Maghina provò a dire il suo segreto alla sua amica del cuore, ma naturalmente non fu creduta e si prese anche della bugiarda.

Passò del tempo e la bambina si era già quasi dimenticata dell'accaduto, quando una mattina, mentre tornava da scuola, incontrò un cagnolino che si trascinava una zampetta ferita.

"Che bello se potesse dirmi quello che gli è successo e se potesse guarire!" pensò.

«Sono fuggito dal canile più brutto del mondo e fuggendo mi sono ferito» le disse in un orecchio il cagnolino, e subito dopo, incredibile, la zampetta smise di sanguinare e tornò come nuova.

"Oh mamma mia, ci risiamo!" pensò sbalordita la bambina, ma non ebbe il tempo di porsi tante domande: il cagnolino faceva salti di gioia così alti che dovette per forza occuparsi di lui.

«Non ti lascerò mai più» lui le disse. «D'ora in poi sarò tuo. Come mi chiamo?»

«Come ti chiaaami? Vuoi dire che devo trovarti io un nome?»

«Sì.»

«Ti piace Fortunato?»

«Oh sì, tanto» rispose Fortunato, e Fortunato fu.

"Che bello se i miei genitori mi permettessero di tenerlo" pensò la Bambina Quasi Maghina e, secondo desiderio ad avverarsi in un sol giorno, il permesso - inaudito - le fu subito accordato.

"Meglio approfittarne" pensò la
Bambina Quasi Maghina, temendo
che il suo potere magico svanisse
subito come il giorno della panchina.

"Che bello se i chilometri di compiti che devo fare per domani si facessero da soli" pensò.

Poi corse ad aprire i quaderni, ma le pagine erano bianche bianche, di magie nemmeno l'ombra.

«Uffa, ma sono o non sono magica? Si può sapere?»

«Lo sei un po' sì e un po' no» rispose Fortunato, «non sei una Maghina, forse sei una Quasi Maghina.»

«Una Quasi Maghina è meno di una Maga, ma è comunque più di una Bambina, non mi posso lamentare» disse la Bambina.

«Proviamo con un altro desiderio» disse poi. «Che bello se mi telefonasse quel bambino con i capelli rossi che avevo conosciuto quest'estate.»

Drizzò le orecchie come faceva sempre Fortunato, ma nemmeno l'ombra di un driiin si sentì risuonare nell'aria, nemmeno un dri, nemmeno un dr, nemmeno un d... Però la Bambina Quasi Maghina si ricordò che il bambino con i capelli rossi le aveva dato il suo numero di telefono e allora pensò: "Invece di star qui ad aspettare il driiin gli telefono io, faccio prima".

E così fu, e poté chiacchierare con

lui e risero tanto. (Quindi questo desiderio, in fondo, si può considerare
avverato, no?)

«Se non sai più cosa desiderare ti
dico io un desiderio» le disse Fortunato, vedendola pensierosa. «Prova a

desiderare che il canile bruttissimo dal quale sono fuggito diventi meraviglioso e che i miei amici possano essere meno infelici.»

«Va bene, proviamo» disse Quasi Maghina. Ripeté esattamente le parole di Fortunato, poi lo seguì.

Camminarono e camminarono e camminarono, il canile era lontanissimo, era fuori città, lontano dalle case perché nessuno lo vedesse così ridotto. Arrivarono che era quasi buio.

Quasi Maghina, a quella vista, scoppiò subito a piangere.

C'erano tanti recinti molto piccoli e sporchi. L'asse rotta attraverso la quale Fortunato era riuscito a scappare era stata inchiodata. Centinaia di cani e cagnolini, tristi come i più tristi dei tristi dei tristi, giacevano nel semibuio semiaddormentati. Ma non ap-

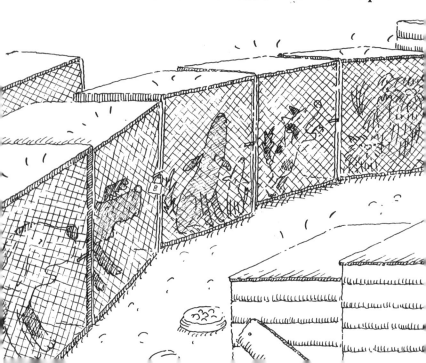

pena sentirono Fortunato si svegliarono, incominciarono ad abbaiare e a piangere tutti insieme. «Liberaci, liberaci» gridavano. Quasi Maghina disperata scappò via, inseguita da Fortunato.

«Lo vedi? Non sono per niente una Maghina» gli disse.

«E allora chi mi ha guarito la zampa? Chi mi ha dato la parola?» le chiese Fortunato.

«Sarà stato un caso» rispose la bambina scoraggiata, riprendendo a piangere disperatamente.

«Ascolta» le disse Fortunato, «forse il desiderio che abbiamo espresso è troppo grande per essere esaudito in un minuto, forse ci vorrà un po' di tempo. Un canile non è una panchina, è grandissimo. Non pretendere troppo dai tuoi poteri magici, proviamo a tornare tra qualche giorno.»

Così fecero. A prima vista nulla era cambiato, ma guardando meglio videro fuori dal canile un camion pieno di assi nuove, colorate, e l'indomani tornarono e videro che i lavori

erano iniziati, e l'indomani tornarono e i lavori stavano procedendo a pieno ritmo, e insomma giorno dopo giorno poterono assistere alla ricostruzione del vecchio canile.

Le gabbie ora erano molto più grandi, e nelle cucce c'erano delle belle copertine calde e fuori stavano preparando un bel giardinetto per le passeggiate.

Soprattutto videro che era cambiato il Direttore. Mentre a quello vecchio non importava nulla dei cani, non li aveva quasi nemmeno mai visti, mai sentiti piangere, il nuovo, con la sua famiglia, abitava lì dietro e i suoi bambini andavano sempre da loro ad accarezzarli e a farli giocare.

E poi il Direttore nuovo avrebbe fatto in modo di trovare per loro dei buoni padroni che li adottassero.

«Hai visto che sei proprio una Quasi Maghina?» disse Fortunato pazzo di felicità perché aveva visto i suoi amici scodinzolare per la prima volta nella loro vita.

«Non ne sono ancora sicura» rispose Quasi Maghina, sorridendo però di soddisfazione. «Vedremo quello che succederà nei prossimi giorni! Se riuscirò o no a fare ancora delle magie. Per esempio, adesso vorrei un bel gelato al cioccolato con sopra un fiocco di panna montata con sopra una spruzzatina di cannella.»

Si guardò attorno: di gelati nemmeno l'ombra.

«Hai visto, Fortunato? Niente da fare, la mia magia è già finita.»

«Comunque quella laggiù è una gelateria, non vedi? Hai ancora in tasca quelle monetine?»

«Sì.»

E i due si avviarono.

E se guardate, bambini, qui sotto, li vedrete seduti beati su una panchina gialla, con uno, anzi due coni al cioccolato, e mi pare che sopra ci sia anche un fiocco di panna montata, e mi pare che sopra ci sia anche una spruzzatina di cannella...

Tra sogni e sorrisi

*Ci domandiamo, alla fine, se possiede
davvero un'autentica magia, questa bambina
che compie imprese tanto difficili
con una leggerezza e con un'ironia
così rare da stupirci. Ma è come interrogare
noi stessi sul mondo poetico di Vivian
Lamarque, che è tutto qui, nel gioco
ambiguo della piccola maga, dolce allieva
perplessa di infiniti maghi scoperti un po'
ovunque, tra fiabe, film, fumetti.
Il mondo di Vivian non è stabile, è soggetto
a trasformazioni che nascono dai rapporti
misteriosi che legano fra loro le parole.
Certo, può accadere di tutto, ma anche
non accadere, si può pensare a una assoluta
invenzione, però si è anche inseriti in una
realtà linda e usuale come quella vera.*

*Tutto fondato sulla vocazione al gioco
che hanno le parole, l'universo di Vivian
confina con quello di Alice, ma è privo
delle ansie e delle perfidie che circondano
la bambina di Carrol.
Si pensi, per tentare di capire, a quel canile
che si trasforma, a quel canile che diventa
una risposta autentica alle necessità degli
animali abbandonati. Attenzione: qui non
ci sono zucche-carrozze, scarpine di vetro,
stivali che fanno sette leghe e implacabili
Fate Madrine che trasformano una Contea
con un colpo di bacchetta magica.
Tutta la forza qui messa in atto risiede nella
bontà e nella speranza di una bambina,
nella sua sincera vocazione ad essere
servizievole. È certo pervaso di magia anche
il mondo di Vivian, però è anche immerso
nel culto delle piccole cose, dei sentimenti
lievi, delle trasformazioni piene di sussulti.
A ben vedere, i bambini avrebbero diritto
di vivere in un mondo in tutto simile a quello
che Vivian, libro dopo libro, inventa per loro.
Badate bene che, se ci sono dei dubbi
sulla magia della bambina, non ce ne sono,
invece, su quella di Vivian. Lei vive, come
tutti noi, in un mondo tutto pieno di frastuoni,
di prepotenze varie, di violenze, di fretta,*

di ansia, di fughe in tutte le direzioni.
C'è l'universo televisivo che è un mondo
capovolto rispetto a quello di Vivian:
se ci sono mucche, lì, sono ovviamente
mucche pazze, se c'è un canile in verità
è un lager per cani che confina
con un lager per vecchi. In genere
ci prepariamo al telegiornale con un vago
sentore di ansia: quali tremende
notizie ci aspettano?
È volutamente sospesa la risposta
complessiva alle domande suscitate
dal mondo di Vivian. Resta sicura solo
l'attenzione reale, sincera, senza dubbi,
rivolta verso i diritti dei bambini. Diritti
aggiornati, però, diritti che tengono conto
di quali sono, oggi, le varie violazioni.
C'è un assalto ripetuto alla fantasia di chi
è lì lì che scopre, che osserva, che compie
esperienze. Si offrono solo prodotti
precongelati, e Vivian ha invece scoperto
che ci vorrebbero nuove fiabe, in cui
l'incantesimo, il fantastico, il magico,
scaturissero dai luoghi oggi esistenti:
dalle panchine, dai canili.
Ma, ancora di più, Vivian proclama il diritto
dei bambini a un tipo di umorismo
di cui lei stessa è magica creatrice.

È così importante, questo diritto,
che si dovrebbe fare ogni sforzo
per affermarlo. Nel mondo di Vivian le cose
procurano sorrisi perché così deve essere,
perché all'inizio i bimbi sorridono, perché
il loro modo di guardare il mondo prevede
il sorriso. I nonsense *di Vivian non sono*
esasperati e ansiogeni come quelli
del grande Lear, sono leggeri, giocati
su contrasti minimi, evocano giochi lievi
in aurore tinte con soffici pastelli.
C'è attesa, c'è sospensione, c'è ascolto,
in questo mondo di Vivian. È un altro mondo
rispetto a quello in cui ci tocca vivere,
non sottolinea neppure l'esistenza
della speranza: ce la fa garbatamente
intuire. Il presidente di questa Repubblica
si chiama Belgarbo, ne sono sicuro.

ANTONIO FAETI, 2001

Cioccolatina

la bambina che mangiava sempre

Come si chiamava? Chi lo sa.

Quanti anni aveva? Forse 7, forse 8
(o 6, o 9, o 10).

Quanto era alta? Poco.

Quanto pesava? Tanto.

Dove abitava? In una casetta minuscola,
tutta circondata da un minuscolo giardino
(che dalla finestra sporgendo un braccio
lo toccavi) dove si poteva giocare a palla
in due, massimo in tre (se magri).

Segni particolari? Divoratrice
di cioccolato, cioccolata con panna
e cioccolatini.

Ma tutti i bambini divorano il cioccolato,
la cioccolata con panna e i cioccolatini.
Sì, ma lei di più, di più, era la più grande
divoratrice di cioccolato della sua classe,
della sua scuola, della sua via, della sua
città, e forse anche della città vicina.

Il suo primo pensiero, appena si svegliava
al mattino, era un cioccolatino. Anzi due.

il lunedì al latte

il martedì con le nocciole

il mercoledì con le mandorle

il giovedì con l'uvetta

il venerdì con la crema

il sabato tutto bianco

E la domenica? Fondente?
No, fondente no,
non le piaceva.
La domenica
si divorava -
in quattro
e quattr'otto -
un bel gianduiotto.

Dopo i cioccolatini la sua mamma le dava
una bella tazza di latte-e-biscotti (caldo
fumante quando faceva freddo, freddino
quando faceva caldo), poi le dava un bel
bacio e le diceva:
«Buona scuola, Cioccolatina.»

(Questo era il suo *sopra*nnome, ma *sotto*
che nome c'era???) Poi le faceva ciao
dalla finestra minuscola della sua casa
minuscola e la guardava allontanarsi con
il suo zainetto sulle spalle.

Dentro lo zainetto c'erano i libri, c'erano
i quaderni, il diario e la merenda.
Naturalmente la merenda era un panino
con dentro tavolette di cioccolato:

il lunedì al latte

il martedì con le nocciole

il mercoledì con le mandorle

il giovedì con l'uvetta

il venerdì con la crema

il sabato tutto bianco

1

2

3

E la domenica? La domenica non c'era
scuola, non c'era la merenda a metà
mattina. Cioccolatina si alzava molto
molto dopo le otto, e naturalmente nel
frattempo faceva un sogno con dentro
un gianduiotto.

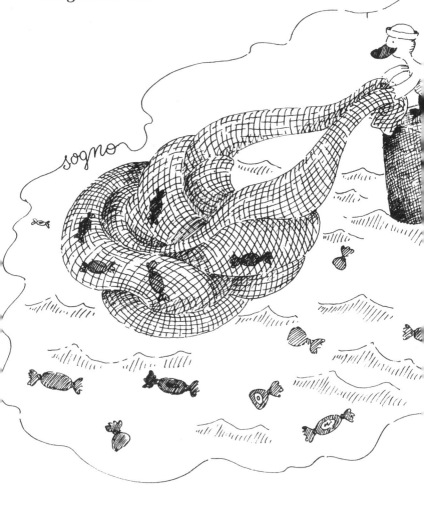

Alla fine della scuola Cioccolatina correva
a casa con una fame da lupo, anzi da
lupi, come non avesse mangiato chissà
da quando.

Era sì una divoratrice di cioccolato, ma
anche di spaghetti, lasagne, maccheroni,
gnocchi, ravioli, risotti, pizze, pizzette,
patatine fritte, patatine arrosto, patatine in
umido, patatine lesse, patatine gratinate,
patatine alla panna, patatine al cioccolato
(al cioccolaaaaato? sì, al
cioccolaaaaato!), pollastrelli (poverelli!),
pesciolini (poverini!), creme e budini
ecc. ecc. ecc.

La sua mamma le faceva dei piatti non
troppo pieni, oppure - la furbetta - pieni sì,
ma di circonferenza più piccoli (!) per
evitare di farla diventare tonda come due
palloncini (come uno già lo era) e di
questo Cioccolatina si lamentava molto.
Più il piatto che le faceva la mamma
era piccolo, più di notte se ne sognava
uno grande grande.

Una notte sognò che un grande piatto di
spaghetti al pomodoro cresceva cresceva
cresceva a vista d'occhio:
prima diventava grande come tutto
il tavolo,

poi come tutta la cucina,

poi come la cucina più il salotto,

poi sfondava addirittura la finestra e con
un profumino tale che ben presto tutti i
gattini e i cagnolini affamati della zona si
riunirono lì, sotto il suo sogno, immobili,
in adorazione, attendendo educatamente,
ma con l'acquolina in bocca, che
qualcuno dicesse loro: "Prego,
accomodatevi." (Un gattino minuscolo
aspettava con già il bavaglino
al collo.)

Il piatto di spaghetti non solo diventava
sempre più grande,
ma anche
sempre più alto: superò
il pianterreno,

superò il primo piano,

e uno spaghetto si avventurò
persino su su per il camino,
da dove uscì con grande
sorpresa di un colombino
che se ne stava appollaiato
lassù.

Quando Cioccolatina si svegliò, corse alla
finestra per vedere se per caso qualche
traccia del sogno fosse passata nella
realtà, ma purtroppo no: fuori dalla
finestra c'erano solo dei bellissimi
gerani, rossi come un sughetto
al pomodoro, sì, senza
spaghetti sotto però.

E ora torniamo al pranzo di Cioccolatina:
verdura e frutta non le piacevano troppo,
ma la bambina sapeva che, se le avesse
avanzate, non avrebbe avuto diritto, alle
cinque, a una fumante cioccolata con
panna d'inverno, a un bel bicchierino di
gelato marroncino d'estate. Per questo,
sebbene controvoglia, mangiava le sue
foglie di insalata, protestando però ogni
volta che non era una capretta lei.

Come erano lontane le cinque, non
arrivavano mai. Già alle quattro
Cioccolatina cominciava ad aggirarsi
in cucina, ma la mamma le diceva:
«È presto, manca ancora un'oretta,
pazienta pazienta, golosina
di una Cioccolatina.»

Meno 5, 4, 3, 2, 1... eccola finalmente la
bella tazza fumante! La cioccolata che
voleva la bambina doveva essere
densissima, il cucchiaino doveva stare in
piedi da solo dentro la tazza; sopra c'era
una bella montagnetta, come di neve,
ma di panna montata... che scorpacciata!

La cena era il pasto meno amato
dalla bambina.
«Zero cioccolata» diceva la mamma.
Alla quale l'aveva suggerito il papà,
al quale l'aveva suggerito la nonna,
alla quale l'aveva suggerito il nonno,
al quale l'aveva suggerito un Dottorone,

al quale l'aveva suggerito
un Professorone, che... l'aveva studiato
sui suoi libri. Non perché fosse sera,
ma perché già durante il giorno
Cioccolatina aveva superato
la "cioccolatesca" dose quotidiana
consentita.

«O vuoi diventare tonda tonda come
due palloncini? Come uno già lo sei!»
le diceva la mamma.
Cioccolatina protestava protestava,
ma alla fine si arrendeva. Anche perché
già era la più rotondetta della sua classe

anzi della sua scuola

anzi della sua via

anzi della sua città

e forse anche della città vicina.

Era stanca stanca stanca delle prese
in giro dei suoi compagni e delle
sue compagne: stupidi soprannomi,
canzoncine derisorie, risatine...

Cioccolatina certe volte riusciva a riderci
sopra, ma altre volte non ci riusciva
proprio, anzi le veniva addirittura quasi
da piangere. La più antipatichina era una
bambina magretta, smorfiosetta, non
mangiava questo, non mangiava quello,
parlava solo di vestiti e modelle, diceva
che da grande voleva fare la Barbie!

Una notte Cioccolatina fece un sogno
bellissimo:

Sognò il Paese dei Bambini Rotondi. Era
un paese meraviglioso: pulitissimo,
luccicante, tutto colorato giallo-caramella,
rosa-confetto e verde-menta. I suoi
abitanti, grandi mangioni sempre di
ottimo umore, avevano tutti bambini
tondi-tondi allegri-allegri.

Quando, proveniente da un altro paese,
passava per caso un bambino non tondo,
provavano compassione per lui,
gli dicevano:
«Poverino, non ti preoccupare, vedrai che
un giorno anche tu diventerai bello grasso
come noi. Vuoi una fettina a due piani
di marzapane? Vuoi un triplice bignet
al cioccolato? Vuoi una quadruplice
coppa di panna con biscotti e cannella?»

Le modelle, in quel paese, se volevano
essere assunte dovevano pesare almeno
70 chili. Sfilavano sorridentissime
e allegrissime, leccando gelati dei colori
del loro paese, cioè giallo-caramella,
rosa-confetto e verde-menta.

Vederle sfilare era un piacere, facevano
allegria, e l'allegria faceva venire un certo
appetito, e l'appetito faceva venir voglia
di correre a casa ad apparecchiare
la tavola.

Sopra candide tovaglie venivano
appoggiati coloratissimi piatti
stracolmi di cibi squisiti.

Oh guarda guarda: quel piatto è così
pieno che si è sfondato! è caduto! teck!
il rumore....... ha svegliato Cioccolatina.

Dov'è finito il Paese dei Bambini Rotondi?
Di rotonda è rimasta solo lei, ahimè!
Che giorno è? Venerdì? Allora subito
in bocca per consolazione i due
cioccolatini del venerdì, quelli con la
righetta di crema bianca bianca, bianca
come le cose più belle: la neve,
lo zucchero, il latte, la panna.

Ma ora attenzione. Nella fiaba
sta per affacciarsi un nuovo personaggio.

Era il primo giorno di scuola dopo
le vacanze estive. In classe era giunto
un bambino "nuovo". Arrivava da un'altra
città, aveva un'aria simpatica, eppure
Cioccolatina vide i suoi compagni darsi
delle gomitatine, ridacchiare: il bambino
nuovo era decisamente rotondetto,
persino più di lei.

Accortosi delle risatine, oltre che tondo-
tondo diventò anche rosso-rosso, corse
a sedersi dove la maestra gli aveva
indicato, proprio davanti a Cioccolatina.
La bambina gli toccò la spalla
e gli disse "ciao".

Lui si girò:
«Ciao» le disse. «Mi chiamo Paolo e tu?»
«Silenzio!» disse la maestra. (Così
abbiamo perso l'occasione di sentire
il vero nome della bambina Cioccolatina).

Diventarono inseparabili. Nel minuscolo
giardino di Cioccolatina giocavano
a rincorrersi, a palla (erano tondetti,
ma erano due, non tre, quindi ci stavano),
in casa facevano insieme i compiti,
insieme guardavano la TV.

Le loro case non erano vicine, ma
nemmeno lontane. Sporgendosi un po'
potevano la sera vedere una mano
che salutava, potevano quasi dirsi
"buonanotte".

A causa del lavoro del suo papà, Paolo
aveva dovuto cambiare tante città.
Appena trovava degli amici doveva
lasciarli, ricominciare tutto da capo
altrove, con bambini nuovi che spesso
lo lasciavano solo. Per farsi compagnia
mangiava mangiava mangiava. Anche
cioccolato, come Cioccolatina, anche
torte e budini, ma soprattutto
era un grande divoratore di patatine.

Patatine fritte, patatine arrosto, patatine
in umido, patatine lesse, patatine
gratinate, patatine al prezzemolo,
al rosmarino, alla salvia, alla panna,
ecc. ecc. ecc. (Anche al cioccolato?
No, quelle lasciamole a Cioccolatina!).
Aveva persino imparato a farle, così
se la sua mamma non gliele cucinava,
se le cucinava da sé. E intanto ingrassava
ingrassava ingrassava a vista d'occhio.

«Senti» disse un giorno a Cioccolatina,
«sono stanco di essere sempre deriso,
tu no?»
«Oh sì» disse la bambina, «ma come fare?»
«Facciamo un piano strategico» disse
Paolo. «Lasciamo passare dicembre
con tutti i suoi pranzi e pranzetti, poi,
da gennaio, lo metteremo in pratica.»
«Ma io la cioccolata la amo!» esclamò
Cioccolatina.
«Anch'io amo le patatine» rispose Paolo,
«ma tranquilla, ne mangeremo ancora,
fidati di me.»

Passò dicembre, venne il primo giorno
dell'anno nuovo, il giorno
dei grandi proponimenti.

«Pronti? Azione!» I due bambini
si strinsero la mano come per un patto
importante.

«Prendiamo un quaderno e scriviamo,
in brutta copia, il nostro piano» propose
Paolo, e Cioccolatina fu d'accordo.

PIANO STRATEGICO

PUNTO N.1 - Cioccolata e patatine non dovranno mai sparire, solo diminuire.

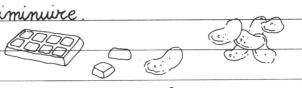

PUNTO N.2 - Per farle durare di più le mastichereremo pianissimo.

PUNTO N.3 - Rotondo è bello. Vedi la forma del sole, del pallone, delle torte. Dovremo perciò dimagrire sì, ma pochissimo.

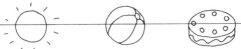

PUNTO N.4 - Non dovremo soffrire la fame: per ogni cibo buono che non potremo mettere in bocca, ne mette remo in bocca un altro per consolazione.

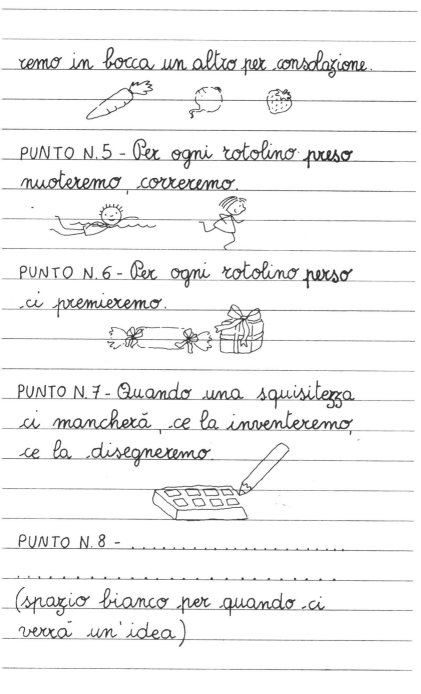

PUNTO N. 5 - Per ogni rotolino preso nuoteremo, correremo.

PUNTO N. 6 - Per ogni rotolino perso ci premieremo.

PUNTO N. 7 - Quando una squisitezza ci mancherà, ce la inventeremo, ce la disegneremo.

PUNTO N. 8 - ....

....

(spazio bianco per quando ci verrà un'idea)

Che euforia mentre scrivevano!
Si sentivano così PIENI di idee,
che persino lo stomaco si sentì PIENO.
Si vede che qualche idea era finita lì!
Di fame nemmeno l'ombra.

«Cioccolatina! Sono le cinque e un
quarto, la cioccolata si raffredda, te ne sei
dimenticata?» chiese sbalordita
la mamma. La risposta della bambina
la sbalordì ancora di più:
«Non ho tempo, mangiatela tu!»

La mamma non credeva alle sue
orecchie. Cosa stava mai facendo di così
importante? I due bambini stavano
ricopiando in bella copia il piano
strategico. Domani e i giorni seguenti
lo avrebbero colorato, ornato, abbellito,
volevano farne due quadretti,
da appendere sui rispettivi letti.

Per molti pomeriggi furono
impegnatissimi, così impegnati che,
senza accorgersene, saltarono tutti
i programmi TV e quindi tutte le merende
(perché ormai TV e merenda
erano diventati una cosa sola).

Alla fine della settimana erano già un po'
meno tondetti. Non si sa di quanto perché
la bilancia di Cioccolatina non aveva
numeri, era una Bilancia Parlante.
Di solito le diceva:

Questa volta invece, appena Cioccolatina
vi fu salita, disse:

E quando vi salì Paolo disse:

«Evviva! Dobbiamo premiarci come dice
il Punto N. 6!» esclamarono i bambini
e naturalmente corsero a festeggiare
in Pasticceria! Una Pasticceria speciale
che aveva anche patatine, logicamente.

Cioccolatina, appena sveglia, non
mangiava più due cioccolatini, ma uno,
cioè la metà, come diceva il Punto n. 1.

Siccome però lo teneva in bocca
il doppio, come diceva il Punto n. 2,
quasi non si accorse della differenza.

Idem Paolo con le sue patatine. Prima
le divorava così in fretta che non faceva
neppure in tempo a sentirne il sapore.

Con le dosi così dimezzate, dopo
una settimana avevano perso ancora
un po' di ciccia, infatti la Bilancia Parlante
disse loro:

BRAVINI, MENO MALE!
NON PRECIPITATEVI PERÒ
SUBITO IN PASTICCERIA,
NON VALE!

«Va bene, per questa volta festeggeremo
al Luna Park» disse Paolo a quella
pettegola di una Bilancia Parlante.

La regola più antipatica era la n. 4: invece di un cioccolatino..... un rapanello (beh!); invece di patatine..... carotine (doppio beh!); invece di un gelato al cioccolato..... un ghiacciolo al limone (stra-beh!); invece di pizzettine..... cipolline (stra-beh-beh!). Comunque funzionava, eccome!

A volte, più che di mangiare, avevano voglia di masticare masticare masticare. Si sarebbero masticati persino le gambe del tavolo con tavolo e tovaglia compresi certe volte!

Si accontentarono invece.....
di un chewing-gum diviso in due!

Divenne utilissimo. Non sarebbe
educazione ruminare ruminare
come mucche in mezzo alle persone
(a proposito, il chewing-gum delle
mucche è al sapore di margheritina
e va ingoiato tutto d'un fiato), infatti loro
"ruminavano" solo quando erano soli,
anche perché era sempre in solitudine
che la voglia di masticare si scatenava
di più.

A Cioccolatina un giorno venne un'idea
che forse avrebbe potuto diventare Punto
n. 8. Fu una scoperta casuale, come
molte scoperte. La cena era terminata
e lei stava protestando con la mamma
che ne voleva ancora ancora ancora,
quando suonò il telefono.

Era la sua cuginetta, chiacchierarono
dieci minuti e, dopo aver appeso la
cornetta, Cioccolatina si accorse che nel
frattempo la sua fame si era stancata di
aspettare cibo, se ne era andata, non
c'era più. E lei si sentiva addirittura sazia.
Forse parlando le era entrato in bocca
come un piattino di aria, chissà!

Corse a raccontarlo a Paolo. Lui non
voleva crederci. «Prova» disse
Cioccolatina. Paolo provò: una volta
che si sarebbe mangiato un frigorifero
intero, sportello compreso, telefonò
a un suo amico: alla fine della telefonata,
anche a lui la fame era passata!

Scrissero allora il

PUNTO N. 8 : Ogni tanto,
invece di masticare,
telefonare!

Si vede che alla bocca basta muoversi...
pensò Paolo mentre scriveva il Punto n. 8.
(a proposito bambini, se vi viene qualche
bella idea, scrivete voi i Punti n. 9 e 10, e
spediteli a Cioccolatina).

Il Punto n. 7 andava bene soprattutto per
Paolo, perché lui era bravissimo in
disegno. Gli veniva l'acquolina in bocca
per una torta alla panna? (anche i dolci,
dopo le patatine, gli piacevano tanto).
Prendeva carta e colori: prima cominciava
ad apparire una pallida
fettina bassa bassa;

su questa disegnava un secondo strato,
su questo un terzo e anche un quarto;

poi colorava i ripieni tra uno strato e l'altro;

poi, in cima, disegnava una montagnetta
bianchissima, come avesse appena
nevicato,

poi qua e là colorava fiocchetti
di cioccolato. Sembrava proprio una torta
vera. Mentre la disegnava, quasi
se ne saziava!

Cioccolatina invece non sapeva disegnare
per niente, ma le tavolette di cioccolato
non erano difficili da fare: tanti
bei quadratini tutti in fila da colorare
a uno a uno di marrone.
Alcuni avevano come delle gobbine.....
erano le noccioline.....

alcuni avevano delle righine chiare
piatte..... era il ripieno di biancolatte.....

alcuni delle curvette..... era il ripieno
di uvette.

Altri disegni però non ne sapeva fare,
passò allora a scrivere delle piccole
poesiole, corte corte, facili facili. Le rime
le facevano allegria, compagnia,
le facevano come un'acquolina allegra
in bocca, come se la bocca
anziché vuota fosse piena. Prendeva
la penna e scriveva:

oppure:

Una sera scrisse addirittura una fiaba.
Cominciava così:

C'era una volta tanti anni fa in una rosea pasticceria un bellissimo Gelato al Cioccolato che si era innamorato di una bellissima Tazza di Cioccolata. Dopo nove mesi furono celebrate le nozze seguite da un dolce banchetto. Dopo altri nove mesi nacque un Bellissimo Bambino con le guance di budino e il nasino cioccolatino.

(FINE della I puntata)

(perché le era finita l'ispirazione)

Di notte che sogni faceva Cioccolatina?
Sognava ancora piatti di spaghetti giganti?
No, quel sogno non l'aveva fatto più.
Ne faceva tanti altri, un po' belli
e un po' brutti, come tutti.
A volte aveva anche degli incubi: torte-
gelato bollenti, panettoni al ragù, colombe
di pelle di pollo, caramelle all'inchiostro,
cioccolatini di dado, budini di brodo,
frittelle di sputo, beh! Che bello svegliarsi!

A volte invece faceva un sogno
meraviglioso: appena chiudeva gli occhi
si apriva una finestra che dava su un
paesaggio dolcissimo con montagne
di panna montata,
ruscelli di cioccolata,
collinette di pistacchio,
laghetti di sciroppo,
sentierini mandorlini,

cancelletti di liquerizia,
sassolini di zucchero,
ponticelli di marron glacé,
casette di marzapane,
finestrelle di frittelle,
stradini di budini,
piazze a forma di torta,
prati di creme a strati,
gallerie di cannoncini,
trenini di torroncini...

la nostra Cioccolatina passeggiava in quel
sogno assaggiando qua e là beata, che
meravigliosa passeggiata!

I sogni di Paolo invece erano più salati:
montagne di risotto con i funghi,
stradine di gnocchi,
prati verdi al pesto,
papaveri al pomodoro,
laghetti di spaghetti,
barchette di pizzette,
isolette di panini imbottiti,
casine di patatine,
trenini di raviolini...

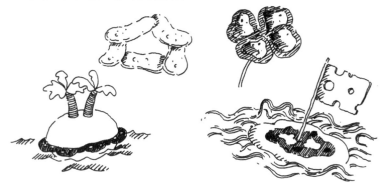

Quando Paolo si svegliava, non apriva
subito gli occhi. Sapeva che, appena
sollevava le palpebre (come tapparelline),
appena apriva gli occhi (come finestrelle),
tutte quelle squisitezze prendevano
il volo, come da una tovaglietta di pic-nic
per un improvviso colpo di vento.

Intanto i risultati della furba strategia
dei due bambini cominciavano a vedersi
e la Bilancia Parlante di Cioccolatina
che un tempo le diceva sempre:
"Cicciottella, troppo cicciottella..."
ora diceva:

Un giorno però, che spavento,
le aveva detto:

ma la colpa era del gattone di
Cioccolatina (lui sì era grasso come una
balena) che, per farle uno scherzo,
mentre lei si pesava, si era seduto sulla
bilancia dietro a lei.

A scuola, nelle gare di corsa, Paolo che
prima arrivava sempre ultimo, arrivò
secondo, evviva! E Cioccolatina, nelle
gare di salto, riuscì a battere quella
smorfiosina antipatichina che da grande
voleva fare la Barbie.

Arrivò l'estate. Tutto il giorno all'aria
aperta a correre, saltare, giocare, non si
poteva proprio ingrassare. Il bel bambino
e la bella bambina che erano stati per
anni prigionieri dentro di loro, sotto di
loro, sotto i loro ex-rotolini di ciccia,
erano stati finalmente liberati, correvano
felici nei prati. Fu proprio una bellissima
estate.

Dopo le vacanze, il primo giorno di
scuola, si erano appena seduti nei loro
banchi, quando la porta della classe
si spalancò: entrò una bambina "nuova",
rotondetta, da una tasca le spuntava
una tavoletta di cioccolata, sul naso aveva
un sbaffo marroncino - probabilmente
di budino.

Come si chiamava? Chi lo sa.

Quanti anni aveva? Forse 7, forse 8
(o 6, o 9, o 10).

Quanto era alta? Poco.

Quanto pesava? Tanto.

Segni particolari? Divoratrice
di cioccolato, cioccolata con panna
e cioccolatini.

Era un po' intimidita, non sapeva
dove sedersi con tutti quegli occhi
puntati su di lei.
«Siediti qui vicino a me» disse
Cioccolatina, anzi Ex-Cioccolatina
alla Nuova-Cioccolatina.

Paolo dal banco davanti si girò:
«Ciao» le disse, «mi chiamo Paolo e tu?»
«Silenzio» disse la maestra.
(Così abbiamo perso l'occasione
di sentire il nome anche di questa
Nuova-Cioccolatina).

«Insieme ci divertiremo, vedrai»
le dissero in coro i due bambini,
«abbiamo un bel quadretto strategico
da regalarti e un giardino
dove potremo presto giocare tutti e tre.»

Il brodo degli indiani

Quando ero un bambino avevo tanti giornalini a fumetti e in uno si raccontava la storia di una speciale medicina che i Maya (io credevo fossero indiani, perché avevano tante piume sui capelli) preparavano per guarire da molti malanni e per stare sempre bene. Dicevano che quella loro medicina era una specie di regalo degli dei e la preparavano facendo bollire i semi del cacao dopo averli triturati. Io avevo capito benissimo che quella lì era cioccolata, però questa mia scoperta non la rivelavo a nessuno, neppure a me stesso. Amavo moltissimo la cioccolata e sapevo di doverne consumare molto poca. Allora non c'erano problemi di peso, anzi: era appena finita la guerra, c'era molta fame e mancava tutto, anche il pane. Molto raramente qualcuno mi regalava un poco di cioccolata, avrei voluto divorarla tutta subito, poi pensavo ai giorni tristi, ai giorni storti, quando una tavoletta marroncina fa tanto bene. E allora la nascondevo, la mettevo via, ma, per resistere alla tentazione, prendevo fuori da un cassetto l'albo con gli indiani che stava sempre lì, pronto per l'uso. E mi convincevo che la cioccolata era soltanto una medicina, come i decotti, la pomata per le dita gelate, lo sciroppo amarissimo, gli impacchi di crusca per il mal di petto.

Questa bella fiaba insegna qualcosa di importante, come poi tutte le belle fiabe. Dice che nella vita non si deve e non si può esagerare. È bello correre fino a cadere sudatissimi su un prato, però viene sempre anche l'ora di smettere, di tornare a casa, di fare i compiti. Ci sono cose belle anche alla televisione, ma due o tre ore incollati lì, a vedere tutto, pubblicità, cartoni animati, telegiornali, quiz, balletti, non sono una buona cosa. Gli occhi e la testa, due beni preziosissimi, si stancano inutilmente a guardare gli stessi pannoloni che hai già visto anche ieri.

Ma una cosa molto bella, quando corri a

prendere altra cioccolata e sai di sbagliare,
è incontrare per strada il brodo degli indiani.
Questa bella fiaba insegna che ognuno ha un
suo modo per fermarsi in tempo. Qui i due
amici non rinunciano alla cioccolata,
e neppure alle patatine, ma si abituano
a misurare una giusta quantità. Se impari
bene e presto quest'abitudine puoi avere
tanta felicità. Sì, perché la vera gioia non
nasce mai dall'esagerazione, chi si rimpinza
di cioccolatoni non sa più nemmeno
confrontare tra loro i moltissimi tipi di
cioccolata che si trovano nei negozi.
Però deve essere lieta e divertente anche la
conquista del senso della misura, come
avviene in questa bella fiaba. Per ogni
cioccolatino occorre avere anche un albo,
anche un libro.
Si prende la panna montata con una storia
ambientata nel bianchissimo Grande Nord,
si evita l'acidità di stomaco e si impara a
conoscere gli orsi polari. Che sembrano fatti
di panna montata. In tutta la vita ho cercato
di avere con me un poco di brodo degli
indiani. Ma ognuno di noi ha il suo.
È divertente anche saper cercare qual è
quello giusto.

ANTONIO FAETI, 1998

Indice

Finito di stampare nel mese di giugno 2010
presso  Centro Poligrafico Milano S.p.A.
Casarile (MI)

ISBN 978-88-17-02948-3